文芸社セレクション

ゴキブリの気持ち

ゴキ太と黒ピカの愉快な旅

ウィルソン 金井

Wilson Kanai

文芸社

もくじ

ゴキブリの気持ち

ゴキ太と黒ピカの愉快な旅

第一章

真夏のすっきり爽やかな夜遅く、人の気配が途切れた小さな公園にほの暗い街灯がぽつねんと立っている。その明かりを避けるように、仲間がゾロゾロガサガサと集まり始めた。ワシは壊れかけのベンチに飛び移ると、急いで仲間に声を掛けた。

「ん～、やあ、みんな。ん～、あ～、始めようと、思うんだが……」

久々なので、ちょっと声がうわずってしまった。

「アッ！　リーダーだ。わいわい……」

「ワォ～。本当にリーダーだ」

ワシの姿に一瞬どよめくも、すぐに静まる。

「それでは、臨時集会を行う！」

「……………」

「毎日、危険な暮らしに身を置く諸君！　今夜の集会に参加できたことを感謝しよう。だが、人間どもに殺された仲間を、絶対に忘れてはいかん。さあ、みんなで冥福を祈ろう」

「ナムアミダブツ……」

「アーメン……」

「あ〜、神様、仏様、ご先祖様」

「……………」

ワシは、人間どもに不満を感じていた。

《遥か昔の地球に現れたワシら種族を、後世の人間どもは敬うべきであろう。それなのに、ワシらの姿を一目見るなり、大げさな悲鳴を上げて化け物扱いだ。ふぅ〜、何たることだ。ちょっとばかり賢いだけじゃないか……》

「……」

会場に目を移すと、祈りを終えた仲間たちがワシの言葉を待っていた。

「いやいや、ん～、ところで、重大なことを発表する。今世紀の種族世界大会の会場が、南米のブラジルに決まった。そして、うふふ……、その世界大会に、うふふ……、ワシが招待されてしまったのだ。ふふふ……」

「なんと、それは素晴らしいことだ。なぁ、みんな！」

「あぁ、素晴らしいさぁ」

「リーダーは、仲間の誇りだ！」

会場全体が、ガサゴソと動き騒ぐ。

「いやいや、それほどでもないよ」

人間どもは拍手喝采だが、ワシらはハネや手足をこすり合わせ、ガサゴソと音を立てる。

「ブラジルは遠い……。できれば、明日の朝に出発したい。それで、ワシの不在中は地区の責任者に、仲間のまとめ役をお願いする。宜しく頼む……」

「心配するな、俺たちに任せろ！」

「そうだ、そうだ、我らのリーダー・ゴキ太！」

「キャア～、リーダー～、素敵だわ。こっち向いてぇ～」

「ワイワイ、ガヤガヤ」

「いや、いや、ありがとう！　それにしても、照れるなぁ……」

嬉しさのあまり、ゴソゴソと触角をこすり合わせる。すると、最前列の若いブリ太郎が質問した。

「その大会に、どれほど集まるのですか？」

「さ～てな？　世界中に約四千種、一兆四千八百億の仲間がいるらしい。たぶん、熱帯のジャングルから数えきれないほど参加するだろう。今から楽しみだ……」

「じゃ～あ、教えてぇ～」

じーっと見つめていたブリ子が、なまめかしい声で聞く。

「オオッ、な……、何を？」

「日本の仲間は～、どのくらい、いるのかしら～？　ネェ～」

内容を聞いて、ホッとした。

「フフフ……、そぉ～よなぁ～、確か五十種、二百三十億ほど……かな」

「エッ？　ワォ～、すごいわぁ～」

思わぬ答えに、ぴょんと飛び上がってソワソワ。いじらしい動作だ。

「ブリ子、困っちゃうわ。目移りぃ、しちゃいそう～。それなら、すぐにダイエット始めなきゃぁ～」

ブリ子の言葉が、周囲の仲間にショックを与えたようだ。

「どうしてだ！　ブリ子、十分に美しいよ」

「そうだ、そうだ、近くにいるだろう。おれじゃぁ、ダメなのか？」

「あぁ、おまえじゃぁ無理さ。おれがピッタリだから……」

騒然となる。触角を振って静めるしかなかった。

「まあ、まあ、その話は集会が終わってから、勝手にやればいい……」

その時である。青年部のリーダー黒ピカが自ら申し出た。

「尊敬するゴキ太さん！　どうか、オイラも参加させてください」

《オッ、助かったぞ》

彼から名乗り出るのを、待ち焦がれていたのである。指名すれば、他の仲間に不公平と疑われてしまう。それだけは避けたかった。

《これで一緒に旅ができる。ワシは幸せ者だ。うふふ……》

喜びを噛みしめ、素っ気なく答える。

「ああ、了解した。黒ピカよ！　誰にしようか、迷っていたところだ」

「はっ、はい！　しっかり頑張ります。……、ん？　どうして、オイラの名を？」

目を輝かせて喜ぶ。が、疑問を感じたようだ。

「いいや、言ってない。たぶん、おまえの空耳だろう。ところで、旅の道中は危険が一杯だ。命の保証はないと思え、良いな！」

「はい、覚悟はできています。常に命を狙われる身、死ぬ前に憧れの世界を見ておきたいと思っていましたので……」

《ふぅ～、頼もしい青年に成長したものだ。育ての親に、礼を言わねば……》

周囲の仲間たちが、うらやましそうに触角をユサユサと動かす。

「諸君！　気持ちは十分に理解する。だが、大勢の行動は危険を伴う。人間どもに見つかれば『キャー』と大声を上げ、殺虫剤スプレーを浴びせてくる。ん～、困ったもんだ。ワシらは、化け物じゃないぞ、立派な虫の種族だ。だから、黒ピカだけを連れていく。すまん……」

「………」

どうやら全員が納得し、触角の動きを止めた。

「ブリ太郎、みんな。オイラはきっと戻ってくる」

黒ピカが済まなそうに伝える。

「うん、気をつけろよ！　でも、ちょっぴり心配だけど……」

「あっ、何が心配なんだ？　そんなもん、ないよ」

「あるさ！　外国語がしゃべれないだろう？」

「できるさぁ！」

「本当だな？」

「あぁ、うそじゃないよ。ベラベラじゃないけど……」

「そうか、じゃぁ、外国の仲間とデートができるね。いいなぁ〜」

「ははは……。まあ、そうだなぁ……」

長い時間の集会は危険と考え、終わりにする。

「さあ、これで解散だ。野良猫から襲われる事件が増えている。用心しながら、帰ってくれ」

仲間たちが、別れを惜しみソロソロと帰っていく。ワシと黒ピカだけが残り、粗末な公園の静けさに戻った。

直に向き合うのは、これが初めてである。

「さて、黒ピカよ！」

複雑な気持ちで、名を口にした。

「はい……、リーダー……」

急に名を呼ばれ、黒ピカも戸惑っている様子。

「すみかに戻っても、たぶん……安全とは思えない。出発まで、この公園で過ごそう。昼はカラス、夜はカマキリやクモから身を守る。たぶん……大丈夫だろう。と、思うが……」

しどけない会話に、自分ながら愕然と落ち込む。

「リーダー、その通りです。カエルやヘビも、危ない連中です！」

思わぬ答えに、心がパッと明るくなった。

「おぉ、そうだった。ワシらには、味方なんていない。カマキリは、親類縁者のくせにワシらを襲う」

「そうですよ、本当に腹が立ちますね」

「ワシらほど平和な生き物はいない。それなのに、誰も理解しない

「……」

「情けない世の中ですね」

黒ピカとの会話が嬉しく、喜びを噛みしめる。

「あ～ぁ、ウフフ……。それにしても、腹が減ったなぁ～。あれ～、目の前が……」

体から力が抜け、目の前が霞む。

「ええ、オイラも、フラフラです。朝から何も食べていませんから……」

まさか、同じことを考えていたとは、嬉しくて涙が出そうになる。

「おっ！　気が合うな！　さっそく食べようか？」

近くの木に登り、新鮮な樹液をたっぷりと味わう。

「リーダー、おいしいですね」

「ああ、人間どもの残飯に比べたら、最高のご馳走だ」

満腹になったので、木から降り草むらの中へ身を隠す。すると、黒ピカが旅の方法を不安そうに聞いた。ワシの計画を聞けば、大喜びで夢中になるだろう。と、心でほくそえむ。

「ん～、そうだなぁ。ん～、近くの駅から新幹線に乗って、東京へ行く。それから、ん～、成田エクスプレスで空港……」

「それなら、駅前のリムジン・バスに乗れば簡単ですよ」

話の途中でバッサリと裏切られた。だが、褒めるしかない。

「そうか、その手もあったか！　おまえ、たいしたもんだ」

「いえ、人間なら当然ですよ。リーダー……」

「ヌヌッ……、生意気な！」

ムッとしたが、グッと堪えた。ワシは平然と話を続ける。

「昔は、長い船旅で苦労したらしいが、今なら飛行機で約三十時間
……、ん？」

暗やみに、不審な気配。

「え、何か？」

「しっ！　静かに！」

黒ピカの言葉を遮る。

「……………」

「あっ、あなた……」

ひょっこり現れたのは、妻のゴキ江であった。

「おっ、おお……、ゴキ江かぁ、びっくりしたぞ」

「あ〜、間に合って、良かったわ」

一抹の不安を感じる。

「それにしても、どうしてだ？」

「ええ、日本支部から連絡があって……」

「日本支部から？」

「そうよ、急ぎの知らせなの………。あら！　どなたかしら？」

立ち尽くす黒ピカを、目ざとく見つけた。

「黒ピカよ！　ワシの五番目の妻だ」

妻を紹介するが、彼は微動だしない。

「初めまして、妻のゴキ江です。よろしく……」

愛くるしい仕草に、ようやく反応した。

「こ、こ、こちら……。く、く、黒ピカ……。ど、同行……、に……な
……した」

触角がピクピクと揺れ、真っ当な言葉が出ないようだ。

「まあ～、初心な子ね。うふふ……、あなたにそっくりだわ」

《あっ、いかん！　その言葉は使用禁止だ！》

妻の発言に、心臓がバクバクと高鳴った。

「い、いや、全然似てない。全然だ。どこも、似ておらんぞ」

「あら、そうかしら……。よく似ていると思うわ」

「………、ウゥ……」

返す言葉を見失う。

《ふぅ～、母親似だと思うけどなぁ……》

「黒ピカさん。主人のこと、お願いしますね」

もじもじと恥じらう黒ピカ。

「黒ピカ！　しゃんとしないか！　変わったヤツだなぁ」

「リーダーこそ、変ですよ。さっきからソワソワして……」

「ゴッ、ゴホンゴホン。そ、それで……、支部からの内容は？」

わざと咳き込み、誤魔化すしかなかった。

「ええ、空港の検疫が厳しいから、貨物船で行きなさいって……」

「えっ、船？　それでは大会が終わってしまう。困ったなぁ～」

ワシは触角で頭を抱え、ガサゴソと動き回った。

「あなた！　大丈夫よ。一ヵ月後に延期よ」

「延期！　なんじゃ、それは？　どうしてだ？」

動きを止める。

「悪い蚊によって、ジカ熱が発生したらしいの。殺虫剤がまかれ、危険な状況ですって……。欠席を考えたら、どうかしら？」

「ムゥ～、迷惑な蚊めぇ！　人間どもから嫌われて当然だ。しかし、欠席かぁ……」

　ゴキ江に近寄る黒ピカが目に入る。瞬時に、怒鳴ってしまった。

「コラッ！　最愛の妻に、何をするか！　許しもなく近寄るな！」

　不意を突かれた黒ピカが、素早く逃げる。そして、葉の下からソーッと顔を出す。

《なんと、素晴らしい速さ。むふふ……、笑わせるヤツだぁ。ふふふ……》

「ど、どうも失礼いたしました。お美しいので、つい近くに……」

　ワシの機嫌を損ねないよう、言い訳をした。

「むふふ……。そりゃ、ワシも認めるよ。やっぱり、おまえとは気が合いそうだ」

「やめてよ、恥ずかしいわ。それで、あなたは欠席するの？」

「いや、行かねば……。日本代表として、行くしかない。絶対に恐れないぞ」

愛する妻と黒ピカの前では、見栄を張るしかない。

「そうね、そう答えると思ったわ。あなた！　行ってらっしゃい！」

妻のしなやかな触角が、ワシのたくましい触角に絡む。そして、ゆっくりと解き、ワシから離れた。

「ゴキ江、あ〜、済まぬ！」

一瞬、振り向くも暗やみの中へ消えた。心細い妻の姿に、項垂れて動けない。

《ク〜ッ、ワシの心はズ・タ・ズ・タ・だ〜ぁ！》

「リーダー……」

黒ピカが心配する。

「う、うん………」

沈黙が続く。

「………」

「……」

「黒ピカ！　決めたぞ！」

突然の声に、黒ピカが飛び跳ねた。

「えっ、えっ？」

「方法だよ！」

とっさに考えた案を、打ち明ける。それは、からす川から利根川を下り、江戸川を通って東京湾に出る。そこから、潮風に乗って横浜港へ向かう。横浜港では貨物船に忍び込み、南米へと向かう。我ながら申し分のない計画であった。

「さあ、ぐずぐずするな。すぐに決行だぁ！」

「ま、待ってくださいよ。まだ、頭が回らないから……。ん～、ところで、川を下るって、何で？」

「葉のヨットだ！」

「………、葉？　………」

事情が飲み込めず、ボーっと口を開けたままの黒ピカ。ワシは愉快でたまらない。

「アッハハ……。おまえには、ハハハ……、想像もつかぬ事だろう。大きな葉をヨット代わりに使えば、安全に早く行ける。ワシの脳は、すごいと思わないか？」

「うん、なるへソ……。ところで食事は？」

認めない黒ピカに、腹立たしく思った。

「おまえの脳は、食べることだけか？　先にしっかりと食べるんだな！　水が飲みたければ、川に捨てるほどある。それで、十分だろう」

「え～、そんなの、ないよぉ～」

「じゃあ、一緒に行かなくても、いいぞ！」

ごねる黒ピカを突き放し、さっさと川へ向かった。

「やだぁー、置いていかないでぇ～。ねえ、リーダー！」

慌てふためき、懸命に追い駆けてくる。

一時間ほどして、からす川に到着。

「ヨットらしき形の葉を探すんだ。分かったな！」

「はい、リーダー」

川辺でぴったりな葉を選び、川面に浮かべる。

「黒ピカ！　さあ、飛んで乗るんだ！」

「リーダー、待ってくださいよ。ジャンプならあるけど、一度も飛んだことがありません」

小刻みに体を震わせ、なかなか飛ぼうとしない。

「なんと弱気なことを……。三億年前の代々先祖様（プロトファスマ）は、地球上の生物で最初に空を飛んだ英雄である。その子孫のおまえは必ず飛べる。だから、自信を持って飛べ！」

「でも……、ん～、川に落ちたら……、あ～、どうしよう」

「ぶつぶつ言わずに、早く飛ぶんだ！」

「はい、はい、飛びますよ！　飛べばよろしいんでしょう」

大きくハネを広げると、バタバタと繰り返す。一気に空へ舞う。

「やりました。飛べましたよ！」

辛うじて、無事に乗れた。冷や冷やしながら見ていたワシは、ホッと胸を撫で下ろす。続いてワシも飛び移る。

「さあ、準備完了だ」

「はい、リーダー。いよいよ出発ですね」

茎に養分が含まれており、しばらくは空腹を満たすことができる。黒ピカにとって、空腹は死ぬより辛いはずだ。

第二章

夜明けと共に未知の旅が始まった。

果たして、運に任せたこの旅を、神様は保証してくれるだろうか。

ゆらゆらと流れに任せる。時たま、ザブーンと浅瀬の波に揺さぶられた。

「リ、リーダー……。落とされたら、川の中に沈んじゃいます。オイラ、泳げましぇん」

「問題ない！　ワシらの体は絶対に沈まん。プカプカと浮いて岸に寄れば助かる。ただし、魚やナマズに食われてしまうかも……。茎にしっかかり抱きつけ！」

「はい、リーダー。絶対に放しません！」

からす川から利根川に合流すると、ヨットは桃太郎の桃のようにドンブラコ～、ドンブラコ～、と流れた。

夏の日差しが強い。それでも、大きな葉がパラソルとなって昼寝を誘う。心地よく眠れた。川魚がチョンチョンと葉の舟底を突つく。

太陽が西に片寄り、ようやく日差しが和らぐ。昼寝から目覚めると、周りの景色を注意深く観察する。やはり、利根川と江戸川の分岐点に近づいていた。

「黒ピカ！　いい加減に目を覚ませ！」

「あ～ぁ、何を～、すれば～？」

「アクビする暇はない。失敗したら、ワシらは一巻の終わりじゃ」

右岸に寄せて江戸川へ入らなければ、千葉から東北の海へ流されてしまう。

「ガッテンだ。リーダーのためなら、死んでも努力します」

「死んだら努力できるか、生きて努力しろ。さあ、行くぞ！」

「はい、母ちゃんのためなら、エーンヤドット」

「ゴキ江のためなら、エーンヤコラサ」

ヨットを懸命に操作し、辛うじて江戸川へ流れた。

「ご苦労、これで東京湾に行ける」

「あ～、疲れた。もう、安心ですね。リーダー！」

「いや、まだ安心ではない。人間どもに不審と思われたら危険だ。葉の陰に身を隠せ。それから、都会のカラスを見くびるなよ！」

「はい、十分に心掛けます。カラスは大嫌いだ。いつもオイラのことを『バカカァー、バカカァー』と鳴いて騒ぐ。そんなことは、生まれた時から承知のスケだい！」

「アッハハ……、あ～、腹が痛い……。おまえは、なんとも変わったヤッだ。ハハ……」

東京湾に近づくと、釣り船や観覧船の余波がヨットを揺らす。必死に耐える黒ピカの動作が鈍くなった。

「おい！　具合が悪いのか？」

「リ〜ダ〜、オイラ〜、もうダメだぁ〜、ア、ア……、グルグルと、目が回る。アッ〜」

「キョロキョロするからだ！　目を、閉じていろ！」

「は〜い、わ・か・り・ま・し・たぁ〜」


上弦の月がヨットを照らす頃、東京湾にたどり着いた。

これからは、潮の流れに任せるしかない。波に揺られながら、ゴキ江や子供たちのことを考えてしまった。すると、先ほどからソワソワと落ち着かない黒ピカが、意を決したようだ。

「リーダー、食事は、貨物船の中にありますよね？」

「ああ、心配ない。たんとご馳走がある」

「それに……、隠れる場所は？」

「おまえが想像するより、船は大きい。船員は海の男だから、ワシらを見ても平気で見過ごす。だから、心配するな」

「それなら安心ですね。良かったぁ～」

「おまえ、そんなことを考えていたのか？　くだらん！」

黒ピカがムッとする。

「じゃ、リーダーの深刻な顔は、なんですか？」

「ん～、最愛の妻や子供たちのことさ」

さりげなく答えると、得意満面な黒ピカが口走った。

「なーんだ、そんなことですか？　美しく賢い奥さまは、子供さんたちを守ります。オイラが保証しますよ」

「なんで、おまえが保証する。おかしなヤツだな。ワッハハ……」

思わず笑ってしまった。しかし、次の言葉に耳を疑う。

「奥様に手紙を渡したからです」

「え？」

それは、突拍子もない言葉であった。

「あっ、まずい！　しゃべっちゃったぁ～」

「ナニィ～、ラブ・レター？　渡したぁ～だと～。絶対に許しぇ～ん」

妻の喜ぶ顔が目に浮かぶ。瞬時に、黒ピカを睨んだ。

「ち、違います。ラブ・レターではありません。家族を守る手紙です。仲間に渡すよう頼みました。リーダー、どうか、オイラを信じてください」

殺されまいと、必死に言い訳する黒ピカ。その様子に、少し冷静さを取り戻す。

「それは、それは本当なのか？」

「はい、本当です」

「そうか、そうか、勘違いして悪かった。ワシは嬉しい。ウッウウ……」

《優しい心配りは、おまえの母親と同じだ。う～、泣ける……》

　近づくけたたましい音に、黒ピカの触角がピーンと立つ。

「リーダー、あのとんでもないうなり声は？」

「あれは、うなり声ではない。飛行機のジェット音だ」

「エッ、飛行機？　ジェット音？　何、それ？」

「ああ、自動車の何十倍も大きい空飛ぶ機械だ。本当は、あれに乗る予定だった」

「ゴジラがほえているかと……」

「おまえ、ゴジラを知っているのか？」

「はい、半年前に誤って映画館に入ったら、急にほえられ外へ逃げました。あんな、すごい生き物がいるなんて……、あ～、恐ろしいことだ」

　黒ピカの話は、どこまで信じて良いのか理解に苦しむ。

「浅はかな！　あれは人間が想像で作ったものだ。しかし、先祖様の伝承では、遥か昔に肉食恐竜ティラノサウルスがいたそうだ。凶暴だったらしいが、ゴジラよりは小さい。八メートルぐらいかな」

「は、八メートルですって？　全然、小さくないですよ。リーダー！」

　羽田空港の近くになると、ジェット旅客機が離陸した。

『ゴオー、キィーン』と、ジェット音の波動がヨットを揺らす。

「ヒエーッ」

　その波動に驚き、黒ピカが転げ落ちそうになる。

「大丈夫か？　海に落ちたら、ワシでも助けられんぞ」

「あ〜、驚き桃の木山椒の木だぁ。オイラは絶対に乗れません。静かな船の方が安心と思う。ねっ、リーダー？」

「んー、なんとも言えんな」

　横浜方面へ順調に向かっていたはずが、多摩川河口で沖の方へ流されてしまった。

「いかん！　やばい、黒ピカ、まずいぞ！」

　そのとき、後方からフェリーボートが現れ、ヨットの間近を通り過ぎた。その余波がラッキーな方向へと流れを変えたのである。竹芝桟橋からのフェリー・ブルーラインと知る由もない。

　ほどなく、黒ピカが大きな橋を発見し、ぐったりと横たわるワシに知らせた。

「リーダー！　海の上に大きな橋が見えます。リーダー、起きてください」

「どうした、どこに橋が見える？　幻じゃないのか？」

「あ、あれです！」

「アッ、本当だ！　横浜ベイブリッジだ。間違いない。やった、やったぞ！」

「ばんざい、ばんざい！……」

　こうして、横浜港にたどり着く。神様がワシらを見守っていたのか？

いや、単純に運が良かった。と、ワシは思う。

本牧埠頭は、風浪が激しく吹き荒れていた。ヨットが岸壁に叩きつけられたら、ワシらの命は海の藻屑と消えるだろう。いずれ、このヨットは沈む。考える余裕はない。

「黒ピカよ、合図したら一緒に飛べ。覚悟はいいな！」

「ハイッ！　準備オッケイです」

ワシの思いを既に察していたようだ。覚悟を決め、羽ばたく練習を始める。失敗は絶対に許されない。

ヨットがうねりの頂点に達する時、一瞬を見計らい岸に向かって飛んだ。ワシは体操選手を真似るように、触角をピッと広げて着地した。しかし、風に煽られた黒ピカは、着地に失敗してコロコロと転がり続ける。

「ア〜ッ、ア、アッ、もう〜、目が回る。と、止めて、助けてぇ〜」

赤レンガ倉庫の壁にぶつかって、ようやく止まった。

「おい、平気か？　ケガは？」

「まぁ、大丈夫だけど、足腰がガクガクですぅ〜」

「おまえにしては、上出来だ。さあ、仲間を探そう……」

「なんで、仲間を？」

「なんで……？　停泊中の船から、南米行きを聞き出すのさ……」

「……」


港内に潜む仲間を、山下公園で難なく探し当てた。その仲間の説明では、年齢不詳の豊満なマダム・イヤーネが、すべての情報を握っているらしい。問題なのは、気まぐれで機嫌を損ねると、すぐに相手を困らせる性格のようだ。

仲間に連絡を頼むと、さほど待つことなく、マダムの手下が出迎えた。近くのマリンタワーの地下へ案内される。

予想よりはるかに豪華なすみかであった。そして、想像を絶するマダムの姿があった。

「いらっしゃいませぇ～。ゴキ太さんかしら～？　ずっ～と、お待ちしていたわ。日本代表として、演説されるそうね。とても、素敵な方。ア、タ、シ……、惚れちゃうかも……。宜しくねぇ～」

妖艶な動きで、ワシの体をタッチする。鳥肌が立った。

《ゴキ江、助けてくれ～。虫が好かないタイプだ。あ～、体がムズムズ……》

「やあ、やあ！　マダム・イヤーネ！　こちらこそ、宜しく」

機嫌を損ねたら大変だ。心とは裏腹に、快く挨拶を交わすしかなかった。

「あら、そちらの若い方は……」

見極めが早い。背後の黒ピカを触角で捕らえる。

「黒く光って、素敵な色合いね。ア、タ、シ、好みだわ」

「あっ、いや……、私は、黒ピカと申します。光り具合は、母譲りなので……」

《ドキッ、母譲り？　あ〜》

ワシの胸が、締め付けられた。

「ブラジル行きを止めて、アタシのために残りなさい。どうかしら？」

マダムの目が、完全に怪しい雰囲気である。

「こ、光栄です。でも、しかし……、リーダーを守る役目ですから」

黒ピカの純真な脳が、崩壊寸前と化した。ワシは心配でたまらない。

「うふふ……、冗談よ。無邪気な坊や！」

これでは、うまうまとマダムの計略にはまってしまう。

「ところで、マダム・イヤーネ。教えていただけないだろうか、南米行きの船を……」

「まあ、せっかちな方。中華街で晩餐会を用意しているわ。お嫌かしら？」

にこやかな表情が一変し、機嫌を損ねた様子だ。

「マダム。非常に光栄なお誘いだが、先を急ぐので……。宜しく願いたい……」

「あ〜ら、とても残念だわ。南米行きの船、そうね。調べてから、お知らせしますわ。明日まで、お待ちになってね……」

のらりくらりとかわすマダム。その対応に閉口する。

《いらいらする！　本当に好かないタイプだ。とにかく我慢しなければ……》

黒ピカがサッと前に出た。ワシは一瞬目を疑う。

「えっ！　なんで？」

マダムの豊満な体を、触角でタッチしたからである。まるで幻覚を見るようだった。

「お美しいマダム・イヤーネ。帰国したら横浜に参り、死ぬまでお仕えします。是非、貨物船を教えてください。イヤーネ様、どうかお願いします」

マダム・イヤーネの硬い表情が砕けた。

「ワオッ、エクセレンテ（最高だわ）！　ええ、私の坊やに、教えてあげる。でもぉ～、戻らなければ、絶対に許さないからぁ～。あ～、待ち遠しいわ。ルンルン……」

マダム・イヤーネが軽いステップで踊り出す。

「承知いたしました。イヤーネ様」

畏まって平伏するも、チラッと得意顔でワシを見る。

《えっ、この対応はなんだぁ？　またまた鳥肌が立ってしまったぞ》

マダム・イヤーネが部下に指示を出し、パナマ船籍のアマゾンブリー夕号まで案内させた。

「黒ピカよ、おまえの機転は見事だった。たいした度胸だ。それにしても、あのマダムは、ワシの肌に合わん」

「喜んでいただき、光栄です。リーダー」

第三章

翌日の夕方、無事に出港できた。貨物船アマゾンブリータ号は横浜を離れ、東京湾から外洋へと向かう。

懐かしい陸の姿は、もう見えない。淡い月明かりが、泡立つ波を照らすだけであった。

「さて、安全な仮の住まいを、探さなければ……」

「リーダー、先に夕食をしませんか？　腹が減って動けません」

「そうだな、前方から美味そうなにおいがする」

貨物船のため、船員の姿が少ない。安心して行動ができそうだ。調理場は広く清潔であった。触角がすぐに残飯を探し当てる。しかし、腹が減って注意散漫になっていた。

『パッシ、パッシ……』と、唐突に新聞紙で叩かれる。

「やばい、黒ピカ！　早く逃げろ！」

「な、なんで、ど、どうして？」

「なにもどうもない、は、早く……」

ほうほうの体で逃げる。殺虫剤スプレーだったら、一発であの世行きであった。

「あれ、黒ピカは？」

近くに気配が感じられない。用心しながら、調理場へ引き返す。

「黒ピカ！　ここにいるか？」

「リーダー、ここにいますよ」

残飯の中から声がした。

「やはりな、必ず戻ると思った」

「うっぷ、食べた、食べた。腹が一杯で歩けましぇん……」

「急げ！　叩き潰されたら、五臓六腑が飛び出すぞ」

「それは困る。絶対に困る～」

ヨタヨタと懸命に走る。仮の住まいは黒ピカのためにも、調理場の近くが最適だろうと考えた。


黒ピカにとっては、初めての貨物船だ。物珍しさに船内をキョロキョロと歩き回る。

「リーダー、揺れが大きくなってきた。沈まないですよね」

「ああ、大丈夫だ。と思う」

「えっ……。思う、ですか？」

「当然だ！　絶対と言い切れないのがこの世だ。この揺れは、黒潮を乗り越えるまで続くのだ。縦、横と揺れるから気を抜くな」

「黒白、縦、横？　なんですか、それは？」

「なんと愚かな！　黒白ではなく、黒潮という海流だ。海に大きな川が流れていると思えば良い。縦とはピッチング、横とはローリングのことで、船の揺れ方だ」

「沈まないと分かれば、オイラは安心さ」

しかし、船の揺れは日を追ってひどくなる。歩けば酔っ払いの千鳥足だ。ワシは余計な動きを止め、仮の住まいで静かに過ごすことにする。若く元気な黒ピカは、絶え間なく動き回っている。

「どうした？　具合が悪いのか？」

「ア～、足がガクガクだぁ～。気持ちが悪い～、ウップ……」

フラフラと戻ってくると、その場に倒れた。

「それは、船酔いだ」

「お酒なんか、一滴も飲みません。まだ、未成年ですよ。ん、未成年？かな？」

「酒の酔いじゃない。船の揺れで酔うことだ」

「船で酔う？」

黒ピカを相手に話すと、ワシまで頭がおかしくなる。

「もう、話はいいから、体が慣れるまで何も食べるな！」

「えっ？　でも、食べたい。ちょっとだけ、食べるぅ〜」

ヨロヨロと、調理場へ向かった。

《呆れたヤツだぁ。ウフフ……、大物の素質がある。この旅に連れてきたことは、やはり正解だった。ウフフ……》

横浜を出港して、三日が過ぎた。退屈な船旅が続く。
船の揺れにも慣れ、久々にデッキへ出る。温もりの風が心地よい。
青々と輝く空に、不思議な雲の群れ。その雲間に一筋の光が射していた。
《あの一筋の光は、いずれワシが上る天国への階段かな？》
七日目の朝、ハワイ諸島のオアフ島ホノルル港に着岸した。

「下船できない。諦めろ」

「なぜですか？　リーダー」

「客船とは違う。すぐに出航するからだ」

「どうして、違うのですか？」

諦めようとしない黒ピカ。

「貨物船は積み荷の予定がなければ、水と食料を調達し早々に出航するからだ」

「降りられると思ったのになぁ〜」

「分かったな！」

「は〜い、残念だけど……、もう……」

ぶつくさと呟きながら姿を消す。

しばらくして、慌てた様子で戻ってきた。

「リーダー！　大変です。オイラに似た仲間が、意味不明の暗号で話し掛けてきた。暗号が解けない。オイラ、困っちゃった」

「あぁ、ハワイの仲間だ。アローハと言って、英語で話せば……、ん？

まさか、英語がダメなのか？」

「話せませんよ。勉強する暇もなければ、覚える脳もない。じゃあ、
リーダーは？」

　黒ピカの目は、完璧にワシを疑っている。

「中央公民館に住んでいたから、多少できる。ゴキ江は英語教室に通い、アッという間に覚えてペラペラだぞ」

「ふ～ん。やっぱりゴキ江さんだ。素敵だし、尊敬する」

　黒ピカの言葉を無視する。

「おまえなら、以心伝心で友達になれる」

ただ、余計なことを言ってしまった。

「えっ？　石に電信柱？　石に電信柱か……」

妙な言葉を反復する。ワシは悔やんだ。

「おまえの耳はおかしいのか？」

「いいえ、耳は正常です。笑うほどおかしくはありません」

澄ました顔で答えたので、逆にワシが苛立った。

「そうじゃない！　ワシのおかしいとは、変だ！　それに、以心伝心とは、心で伝え聞く。その意味だ！」

「あ、なるへソ、ガッテン承知のスケ」

茶化され、ワシはプイッとそっぽを向く。すると、トボトボと項垂れて行ってしまった。


翌日。

「リーダー。アローハの仲間と、石に電信柱ができました。簡単でしたよ」

敢えて訂正しなかった。

「そうか、それでどうした？」

「はい、友達になり、調理場？　ん？　キッチン？　そうキッチンで何も話さずに食べた」

「それは、良かった。うん、良かったな」

予想通り、夕刻にホノルルを出航した。その後、黒ピカはハワイの仲間と過ごし、仮の住まいには戻らない。ほんのちょっぴり寂しかったが、ワシなりに船旅をゆっくりと楽しんだ。

五日後に、ロサンジェルスへ入港するも、すぐに出航した。黒ピカは仲間と楽しく過ごしていたので、一言も不平を漏らさなかった。

平穏な船旅と思われたが、メキシコ・アカプルコ沖で最も恐れる事件が起きてしまった。ロサンジェルスから多くの仲間が乗船し、チャカチャカと目に余る行動をした。さすがに、船員たちも不快感を抱いたらしい。

ワシは船員たちの行動を察し、デッキの救命ボートへ避難する。黒ピカが、ハワイの仲間に急ぎ知らせた。

丸二日、ボートの中に隠れていたが、我慢の限界を超えた黒ピカが飛び出した。仕方なく、ワシも用心しながら後を追う。

船内には仲間の気配が全く感じられない。気を配りながら歩いていると、黒ピカの親友ハワイのゴキジョージと出会った。

「アローハ、ジャパニーズ・リーダ！」

「やあ、ゴキジョージ。アローハ、大丈夫だったかい？」

「はい、あなたの知らせで、ノープロブレム（問題ない）。マハロ（ありがとう）！」

「そう、それは良かった。ところで、黒ピカだけど……」

「クロピーカ？　ああ、キッチンにいますよ」

「マハロ（ありがとう）、ゴキジョージ！」

怒りと心痛で、急ぎキッチンへ向かう。薄暗い中を覗くが、いなかった。仮の住まいに立ち寄ると、黒ピカはうずくまってブルブルと体を震わせている。

「ここにいたのか？　ん！　どうした、泣いているのか？」

「ウ〜、ウッウウ……。アメリカから乗った仲間たちが、無残な姿になった……。オイラの責任だ。あ〜、ごめん……」

「そうか、無念だったなぁ。でも、おまえの責任ではないよ」

心から悲しむ黒ピカに、成長した息子の姿を確信する。

《黒ピカよ……。心の優しいおまえにとって、この試練は決して無駄ではない。喜びの感情は心を寛大にさせる。でも、死を悼む心は無限の強さを作る。息子よ、おまえは強くなれる！》

太平洋からパナマ運河のガツン湖を経て、カリブ海側のコロン港に停泊する。船員たちの慌ただしい動きに、荷の積み下ろしが確認できた。

「さぁ、準備はいいかな！」

「えっ、本当ですか？」

「ああ、中米の国パナマだ。行ってみるか？」

「も、もちろんです。初めての外国ですから。やった〜、ついに外国の地だぁ〜」


バスの下に隠れ、港から近いクリストバルの町へ向かう。街並みは、日本の風景と全く異なり、ラテン音楽が心地よく流れる。刺激臭の強い食べ物が触角に感じられた。

「どうだ、黒ピカよ」

「はい、リーダー。最高です。珍しいフルーツを試食したいです」

「うん、ワシも味わいたい。市場へ行こう」

中央市場に来ると、中米独特の香りが満ちていた。黒ピカの腹がグルグルと鳴り、ワシの腹にドンドンと響いてくる。無我夢中で食べ始めた。

「こりゃ、堪らんな……」

突然、黒ピカの触角がチョンチョンとワシの背中を叩く。

「なっ、なんだ！　この忙しい時に……」

「リ、リーダー！　オイラの横に……」

「ん！　何が横に……」

横を見ると、どえらく大きな仲間が間近にいた。恐ろしさに固まって動けない黒ピカを、ジッと探りを入れ触れようかと迷っている様子だ。女の子らしい。

「オラー、セニョリータ（こんにちは、娘さん）！　コモ　エスタ（いかがですか）、ヴィエモス　デル　ハポン（日本から来た）……」

慣れないスペイン語で、話し掛けてみる。

「エッ……、デル　ハポン？」

「シィ～ン（はい、そうです）」

驚くも、すぐに反応したのでホッとする。

「リーダー、船に戻りましょうよ」

戸惑う黒ピカが、目をパチパチさせる。すると、女の子が近寄り触角を差し向けた。黒ピカは弱腰で後ずさり。

「そうだな、帰ろう」

バス停へ向かうと、後ろに気配を感じ振り向く。女の子がいた。

「アミーガ（女性の友よ）。テネモス　プリッサ（急いでいる）。ヴァモス　アル　ブラジル（ブラジルへ行く）。ロ　シエント（残念ですが）アディオース（さようなら）……」

それ以上のことは考えず、ゴキ太は帰りを急ぐ。

「エスペーラ（待って）。ポル　ファボール　ソッコーホ（おねがい助けて）」

女の子が体を震わせ、必死にすがり付く。

「リーダー。この子、何か事情がありそうですね」

「うん、そのようだな。ん〜、連れていくか……」

「そうですよ。なんだか、可哀そうだもの」

「ベンガ　コミーゴ（私と一緒に来なさい）」

「ムイ　グラシアス（本当にありがとう）」

大きな触角を振りながら喜ぶ。

「しかし、この体型では大いに目立ち、危険すぎるなぁ」


陽が暮れるまでタラップの下で待つ。

出航の準備がようやく終わったようだ。チャンスを見計らい、素早く駆け上がった。ただ、仮住まいは狭く、彼女には無理であった。仕方なく救命ボートを選択する。

落ち着いたところで、ゴキ太は彼女の事情を聞くことにした。

「ミ（私の）ノンブレ（名前）ゴキータ。ス（あなたの）ノンブレ（名前は）？」

「ブリーリア。コロンビアーナ」

「えっ？　コロンビア出身……」

ブリーリアが怖々と事情を語り出す。コロンビアの仲間は捕獲されると、ペット・フード用に外国へ売られてしまう。彼女も捕まったが運よく逃れた。

「え～、食用だって？　ん～、誰が食べるのさ？」

黒ピカの脳が、グルグル飛び跳ねた。

「ヘビやトカゲだよ。それも生きたままだ。冗談じゃない！」

苦々しく言い放つブリカーノ。

「だけど、仲間の品評会もあるそうだ。光沢や走力を競う。ふふ……、それを自慢にする人間もいるらしいぜ。ふふ……」

ゴキジョージが含み笑い。すると、ブリカーノが黒ピカの体に触れる。

「それなら、ここに光沢のチャンピオンがいるぜ」

「ククク……」

「ムッフフ……」

ワシが気任せに口走る。

「シナなんとか……の種族は、血行促進薬として油で揚げる。まるでシバエビそっくりの味だってさ。人間どもが喜ぶらしい……」

全員が大笑い。

「プッ、ハハハ……」

「ワハハハ……」


二日後、ヴェネズエラ沖でカリブ海を抜けて大西洋へ。

「リーダー、中南米なのに、どうしてスペイン語なんだ。スペインはヨーロッパの国だろう」

「これから行く国はブラジルだ。そこはポルトガル語を話す国だ」

「な、なんで、ポルトガル語？　ポルトガルだってヨーロッパの国だ。どうして？」

触角で自分の頭をポカポカと叩く。

「おまえは不思議だ。勉強をやっているようで、やっていない……」

英語とスペイン語をあっという間に習得した黒ピカを、ワシは心から頼もしく感じていた。しかし、未だに彼の脳が理解できない。

「ええ、オイラは勉強をやらない、おバカさんです。日本の歴史だって覚えられないのに、世界の国だなんて無理、とても無理だよ」

第四章

河口の幅が十キロから増水期五十キロに及ぶアマゾン川。その河口のベレンに入港。地球最大の熱帯雨林から様々な仲間が乗船すると、まるでスター・ウォーズの世界だ。

「リーダー。彼らは本当にオイラの仲間ですか？」

「うん、たぶんな。言葉がまるっきり分からん」

中米出身のゴキーノが説明する。

「ブラジルのアミーゴ（男性の友）から聞いた話では、アマゾンのインディオ語しか話せないらしい」

「それにしても、あの目つきは鋭い。いつ襲われても、不思議ではない」

「いいえ、リーダー・ゴキータ。敵対心がなければ友好的ですって。ペットの食料用に狙われていて、彼らも人間を嫌っている……」

「ねえ、リーダー。オイラは友達になって助けてあげる。だって可哀そうだもの。そう思いませんか？」

「……………」

ワシは返す言葉を失う。これほど心が成長しているのに、どうして頭の中が成長しないのだろうか。不思議だね、おまえは……。と考えてしまった。

「……………」

「オイラだったら、食べられる前に、虫の意地でも咬みついてやる。むざむざ殺されてたまるか！　そうですよね、リーダー？」

「お、おまえ、すごいことを考えているな。そうだぞ！　弱いものいじめは、卑劣な人間どもがやることだ。ワシも絶対に許さん！」

リオ・デ・ジャネイロ港に近づくと、またしても事件が起きた。

ワシらは隠れ場所に食料庫を選ぶ。案の定、殺虫剤が使えず確認だけだった。駆除は夕食後に実施され、前回より徹底的に行われた。

「リーダー、もうここから出ましょう」

「いや、人間どもが寝静まるまで待とう。今回は煙霧式を使用しているから、時間の経過が必要だ」

「煙霧式って?」

ブリーリアが、不思議そうに聞いた。

「ああ、スプレー式は直接だけど、煙霧式は広範囲に降りかかる。一番厄介な人間どもの武器なんだ」

ワシが説明すると、黒ピカがバタバタと苦しむ真似をする。

「そうだよ、呼吸ができず。あっ、あ〜、くっ、苦しい〜」

突然、船員の足音。

「しっ、静かに！」

船員が中を覗き見る。しかし、異状がないと思ったのか、すぐに行ってしまった。

「………」

「………」

「危ない、危ない。心臓が止まるかと思った……」

全員が大きく頷く。

しばらくして、食料庫から救命ボートに移る。廊下には、仲間の死骸が散乱していた。

「リーダー、仲間を助けないのですか？」

瀕死の仲間に、黒ピカが近づく。

「だめだ、黒ピカ！　触ったらおまえも死ぬ。無理だ、助からない。

ウックク……」

黒ピカの触角が寸前で止まり、ショックで身動きが取れない。ワシも悔しくて涙が止まらない。

救命ボートに戻ったが、怒りと悲しみに体を震わせる黒ピカ。好意的なブリーリアが優しく触れる。すると、黒ピカが彼女の大きな体を抱き寄せた。ところが、大き過ぎて抱けない。仕方なく彼女が抱こうとするが、押し潰されてしまった。周りの仲間が冷やかす。と、照れ笑いを見せる黒ピカに、ワシはホッとした。

横浜を出港してから約一ヶ月、朝靄のリオ・デ・ジャネイロ港に到着。穏やかな海面を、タグボートに曳航されたアマゾンブリータ号が岸壁へ向かう。コルコバードの丘に建つキリスト像が、霧の中から浮かび上がってきた。

「長い旅だった。それにしても、なんと美しい光景だ。疲れが癒される」

「ところで、いつ下船ですか？」

「ブラジル支部からの連絡を、待ってからだ」

一時間が過ぎても何も連絡がない。少々不安になる。そこへゴキジョージが伝えに来た。

「リーダー・ゴキータ！　未だに検疫が厳しいから、次のサントス港へ行くよう指示がありました」

「そうか、それではサントス港まで行こう。黒ピカ！　もう少しの辛抱だ」

「はい、リーダー。もう我慢に慣れていますから」

ところが、多くの仲間が強行に下船を始めたのだ。ワシは必死に食い止める。

「ダメだ！　降りたらいかん！　サントスへ……」

それを感じた黒ピカが、慣れないブラジル語で叫んだ。

「オイラ、アミーゴ（友達）。アキイ（この場所）アブナイ、アブナイヨ。バイ（行く）サントスネ」

「ウン、ウン」

アマゾンの仲間が、大きなハネを広げて同意する。

「あ〜、神様……。こりゃぁ奇跡が起きた。あ〜、アーメン」

唐突に、十字を切ってしまった。ここがカトリックの国だから？

「リーダーのご指導が、とてもよろしいようで……」

「そんな、ワッハハ……」


翌日の早朝、リオから南へ四百キロのサントス港に到着した。

「リーダー、なんで寒いのさ？　今、夏なのに冬みたいだ」

冷気を含んだ風が、ワシらを出迎える。

「黒ピカ、ブラジルは南半球だよ。北半球の日本とは正反対なのだ。日本が夏なら、ブラジルは冬だ。日本が冬なら、ブラジルは夏になる」

「ん？　だって、ベレンは暑く、リオは温かい。ここは寒いです」

「フフ……。日本とブラジルは、昼と夜も反対だよ」

「え～、え～、なんで？　どうして？　上と下、右と左も違うのですか？」

「いや、それは同じだ」

「オイラには……、何がなんで、何がどうしてなのか。もう、分かりましぇ～ん」

頭だけでなく心もふっ飛んだ。これ以上の説明は無理に違いない。止めた。


日中になると気温が上昇し、寒さから解放される。そこへ、ブラジル支部の実行委員マリアブリータが現れた。

「急な変更で申し訳ありません。ジカ熱は収まりましたが、厳しい検疫はそのままです。残念なことに、強行下船した仲間が、全員亡くなりました」

「え、えーっ、本当なの。気の毒に……」

「なんと悲しく痛ましいことだ。苦労してブラジルまで来たのに……」

参加者から、悲痛な声が上がる。

「リーダー、辛いですね。船内で一緒に過ごした仲間ですよ」

いつの間にか、本来の黒ピカに戻っていたようだ。

「ほう、もう冷静になっておる。そうだな、残念だが仕方ない。これが無常の風……」

早速、新しい疑問に興味を示す。

「それは、なんの風ですか？」

「む！　………」

後悔した。が、説明するしかない。

「この世の命は、風が吹き、花を散らすように、無常の風が、すべての命を奪い去る。という意味だ」

ゆっくりと、刻むように話す。

「ふ〜ん。そういうことか。花ね〜、花も死ぬんだね？」

「あぁ、この地球に数知れない生き物が住み、生まれたからには必ず死を迎える」

「……」

「だからこそ、命を粗末にしてはダメなんだ」

黒ピカの目が、徐々に輝きを失う。

「じゃあ、カラスやカマキリも……」

「あぁ、もちろんさぁ。それに、目に見えないものも……」

「え～、見えないもの？」

無意識に辺りを見回す。

「ん～、透明じゃない。とても小さいジカ熱などのウイルスだ」

「もう、オイラの頭では無理……」

やはり無理だった。成長したと思ってしまったワシが情けない。

「……」

「それでは、皆さん。会場に移動してください」

世界の国々へ出荷するコーヒーの倉庫群が、今回の会場であった。ゾロゾロ、ガサガサと三列に並んで移動。旅の途中で多くの命が失われ、参加できたのは一千ほどである。

「これより、大航海時代から継承される世界大会を開催します」

急ぎ準備した木箱の上で、ゴキペドロ大会委員長が開会宣言。

「ワーッ、いいぞ、いいぞ！　我らの仲間、世界の仲間、バンザイ！　バンザイ！」

「ワイワイ、ヒューヒュー、ガサガサ」

マリアブリータが司会を務め進行する。

「世界本部の南アフリカ代表、ミスター・ブリジョンソンをご紹介します」

「わが友よ、わが仲間よ。よくご無事に参加された。ただ、多数の犠牲者を出したことは、非常に悲しいことです。皆さん、黙とうを……」

静寂の中、すすり泣く声が……。

「……」

仲間の残像が鮮明に浮かび、心が痛む。

「リーダー、オイラも悲しい……」

「あぁ、多くの仲間を目の前で失った……のは初めてだ。忘れるな！」

「はい、リーダー。決して忘れません」


各大陸代表の報告が始まる。

「初めに、ユーラシア大陸代表の方はこちらへ……」

案内するが、なかなか現れない。会場内がざわめく。

「お静かに願います。どうやら、イタリアのゴリジェラーノさんは、参加できなかったようです。それでは、次の……」

次に呼ばれたのは、アフリカ大陸代表であった。

「皆さん、ボツワナのゴキゴキです。

アフリカの熱帯雨林や大草原は、人間の無秩序な近代化により環境が歪められている。その結果、気候変動を起こし急速な砂漠化となった。弱い生き物たちは絶滅寸前です。

最近では、人間の家に移り住む仲間が増えている。生きるためですから……」

会場からは、賛同したり異議を唱えたりする声が上がり大騒ぎだ。これが世界の現状なのであろう。黒ピカに意見を聞いてしまった。

「はい、とても難しく、算数のように解けません。自然の風に吹かれるまま、生きるしかないと思います。どうでしょうか？」

「そうだ。それで良いと思う」

横のゴキジョージが、そっと呟く。

「オレたちのハワイは、幸せな環境なんだなぁ……」

その言葉に黒ピカが飛びつく。

「えっ、ええ、そんなに幸せな場所なのか？」

「イェス、天国みたいな島だ」

「うそ、天国？　本当なの？　あ〜、下船したかったなぁ〜」

「海に囲まれた島は心地よい風が吹き、樹木が青々と茂る。樹液はたっぷりだ。それに、ホテルの残飯はグッディーだよ。むふふ……」

にんまりと表情を崩す。

「なんだよ、にやにやして……、そのグッディーとは？」

「高級食材の意味さ！　クロピーカ、帰りにハワイへ来ないかい？」

「うん、うん、行くさ。もちろん行くよ」

肝心な約束を忘れ、ゴキジョージの誘いに乗ってしまった。

「おい、ちょっと待て！　マダム・イヤーネとの約束は……。どうするのだ？」

「アッ、あれは口からの出任せです。心配ご無用……」

ぬけぬけと無責任な発言だ。

「ほ、本当か？　ワシは知らんぞ。あの豊満なマダムの怖さ……。あ

〜、おぞましいことが起こりそうだ」

胸騒ぎを覚え、鳥肌が立つ。なぜかこの旅は鳥肌が立つことばかりだ。

「なんですか、マダムとの約束とは？」

ゴキジョージが、不審そうに聞く。

「あぁ、横浜で出会ったマダム・イヤーネのことさ。渡航の船を教えないから、マダムの従者になると約束したんだ。そんなの、うそも方便だよ」

他人事のように説明したので、ゴキジョージが真剣にアドバイス。

「でもな、熟年のメスを軽く考えるな、特に豊満なメスは……」

「そうか〜、じゃあ、マダムの許可を得てから、ハワイに行くよ」

「オッケイ、その方が最善だ。楽しみに待っているからな」

壇上では、オーストラリア代表が報告していた。

「この次が、リーダーですよね？　大丈夫ですか？」

「当たり前だ。この賢い脳に、すべてが叩き込んである」

「やはり、リーダーだ。尊敬します」

一旦、休憩になる。船の仲間が集まり、賑やかになった。

「ワイワイ、あの子が魅力的だ……」

「がやがや、あっちの子が美しい……」

その様子を眺めていると、マリアブリータがワシの横に並ぶ。

「若いって、素晴らしいわ。そう、思いませんか？　セニョール・ゴキータ」

「ええ、言葉なんて関係ないっ。片言で通じ合う。うらやましいなぁ」

「うらやましいって、何が？」

「あぁ、若い時に戻りたい……」

「まあ、おとぼけにならないで……。セニョールは、とても若々しいもの」

「とんでもない！　セニョーラ、あなたほどではありません。ワッハハ……」

「あらまっ……、セニョール。オホホ……」

細くしなやかな触角が、ワシの体をポンポンと叩いた。

「セニョーラ、日本語がお上手ですね」

「はい、日本人の家に住んでいますので、いつの間にか覚えてしまったわ。でも、残飯には困って……」

「えっ、どうして？」

「日本の納豆。それにタクワン？　あの臭いには慣れませんわ」

触角でバツ印。

「アッハハ……。慣れませんか？　ワシのチーズ嫌いと同じだ。あれはダメだ！」

ワシも真似てバツ印。

「え？　チーズが……、ご冗談でしょう？　おもしろい、うふふ……」

「ウッ、ゴキ江……」

愉快に笑う仕草が、まるでゴキ江であった。

「うふふ……、セニョール。ブラジル語は、どちらで覚えたのかしら?」

「ワシは、セントロ　コムニターリオ　クルツラール（中央公民館）に住んでいた。ポルトガル語のレッスンを聞いて、覚えました。単語を並べる程度ですが……」

「でも、素晴らしいわ」

「ワシの連れは、この旅でインディオ語まで覚えた。驚きですよ」

仲間と一緒に楽しそうに騒ぐ黒ピカ。誇らしい気分で見つめる。

「セニョール・ゴキータ。クロピーカを、心から優しく感じているでしょう?」

「ええ、日々成長する姿を、楽しく見ています」

「常に、仲間の中心にいるわ。セニョールの後継者は、クロピーカが選ばれそうね。私も願っています」

「オブリガード（ありがとう、男性の言葉）、セニョーラ・マリアブリータ」

「こちらこそ、オブリガーダ（ありがとう、女性の言葉）。それにしても、面影が……」

そのとき、マリアブリータが呼ばれ、ワシの出番を告げる。

「エスタ　ベン（了解よ）！　セニョール、準備はよろしいかしら？」

「ああ、大丈夫だ」

「では、行きましょう」

「おい、黒ピカ！　ワシの講演だからな！」

「アッハハ……。アッ？　はい、はい、ちゃんと聞いていますから、ハハハ……」

「どうせ、理解しないだろう。まあ、いいや……」

壇上へ行くと、世界本部のミスター・ブリジョンソンとゴキペドロ大会委員長が待っていた。互いに挨拶を交わす。

「みなさん、お静かに願います！」

マリアブリータの声に、ざわついていた会場が静まる。

「ただ今より、日本支部代表のセニョール・ゴキータをご紹介します」

ワシが一歩前に出ると、会場が再び騒然となった。

「み、みな、ウッウン、ゴッホン！」

緊張で、声が出ない。咳払いで誤魔化し、必死に調子を整えた。チラッと黒ピカに目をやると、心細く見守っている。その姿に力がみなぎった。

「皆さん……、日本のゴキ太です」

「ワ～ッ、ワ～ッ」

会場が一斉に歓喜の渦。声援に応え、触角を大きく振る。

「ありがとう、センキュウ、オブリガード、メルシー・ボク、グラシアス、謝謝、ダンケ・シェーン、スパシーバ、コクン・カップ、コマッスミダ、マハロ……。それでは、ワシの話を聞いてくれ」

シーンと静まり、次の言葉を待つ。

「ワシら種族は、三億年前から地球の森林環境に頼り、平和に暮らしてきた。しかし、人間どもの出現によって、種族の生活が乱されてしまった」

通訳のために間を置く。

「この一世紀の間に、地球の環境破壊が急激に進み、多くの生物が絶滅の危機にある」

会場は、触角だけがユラユラと揺れている。ワシの演説に心を奪われているようだ。

「森林から追い出された一％の仲間が、敢えて人間社会に暮らしを求めた。その、たった一％の仲間を、形態や動作が不快と感じ、日々大量に殺りくする。それが現状だ！」

『ワオ――！』と、憤りの叫びが響く。

「非道で危険な生き物は、人間だけだ！」

激しく触角を叩き、賛同した。

「しかし、残念なことに……、人間ほど賢い生き物は、他にいない」

弱々しいブーイング。チラッと横を見る。マリアブリータの視線と合う。

「近い将来、生物が住めない地球になるかも、しれない。なぜなら、宇宙開発と偽り、人間らの住む星を探しているからだ。地球を救うのではなく、捨てるつもりだ。人間どもには頼る神や仏がある。だが、ワシらにはない！」

前頭葉が耐えきれず、声を張り上げてしまった。

「ジャパニーズ、あんたが我らの神だ」

「そうだ、そうだ、救いの神だ」

「ワイワイ、ガヤガヤ」

会場が熱気に包まれる。

「まずい！　余計なことを……」

マリアブリータが触角を振り、参加者に冷静を求める。だが、一部の参加者が収まらない。すると、猛ダッシュで向かう黒ピカの姿が目に入る。その背後に、親しい仲間たちが追従していた。

「よ、よせ！　やめろ、争いはダメだ！」

慌てて叫んだ。すると、マリアブリータがワシを押さえる。

「心配ないわ。騒ぎを鎮めるつもりよ」

「まさか……」

黒ピカが相手と対峙する。双方の触角がしきりに動く。周囲は動向を見守った。五分、十分と重苦しい時間が過ぎる。ピーンと鋭く立つ相手の触角が、緩やかに下りた。一歩近づく黒ピカ。両方の触角が絡む。その瞬間、周囲から歓喜の声が上がる。

「やったぁ。ん～、最高に参ったぁ～」

興奮を抑えきれず、マリアブリータを抱き締めてしまった。

「セニョール。彼なら、やはり信じられるでしょう。良かったわ」

彼女は冷静に離れると、触角を叩き始めた。他の参加者も叩く。しばらくして、黒ピカが壇上に相手を伴う。

「嬉しいぞ！　ところで、何を話したのだ？」

「いや、何も話さないよ。相手の目を見て、石に電信柱でした」

澄ました顔で答える。

「えっ？　……」

ワシの思考が固まった。不審に思うマリアブリータ。

「オ　ケ　アコンテッセウ（どうしたの）？」

「あ、いや、特にないと、思います。が……。あ～、信じられん」

本当に言葉も使わず、心を通わせたのか。それにしても、彼女はなぜ黒ピカの行動を予知したのか。

「そう、じゃあ、続けましょう」

講演の続きを促す。

「どこまで話したか、忘れてしまった。いやいや、困ったなぁ……」

「うふふ……。神様の話なら、ワタシでもいいわよ」

マリアブリータが小声でアドバイス。

「そうだ。神や仏の話だったな。信じる者は救われる？　まあ〜、なぁ……」

思い出し、一呼吸入れる。

「もし、人間どもが逃げるなら、ワシら種族の三億年の歴史が消えてしまう」

先祖様に申し開きが立たない、と考えてしまった。

「人間の旧約聖書《創世記》に、ノアの方舟が登場する。選ばれしものが救われたという。残念なことに、ワシらの先祖は選ばれなかった」

「なぜだ？」

「どうしてよ？」

「あぁ、それは……。優れたワシらの生命力を知ってのことか、それとも、ただ単に嫌ったのか……」

静かに耳を傾ける仲間たち。

「ご先祖様は、古生代ペルム紀末の生物大量滅亡や白亜紀の隕石衝突。そして、氷河期でもへこたれずに生き残れた。次に地球を支配するのは、ワシら種族だという噂もある。こっけいな話だ。フフ……。うむ……。さて、以上で終わります」

賛辞の声が鳴り止まぬ。

「よっ！　黒ピカ、理解できたかな？」

「はい、生きて、次の世代へ繋げる。ですよね？」

「そうだ。生きて、生きて、生きぬくことだ。仲間の命を殺めることは許さん。そして、自らの命を軽んじてはいかん。理屈なんて理解できなくても、感じることが大切だ」

黒ピカを信じ、仲間の未来を託そう。ピタッと彼に体を寄せる。と、サッと逃げられた。

「なぜ逃げる？　ワシの気持ちが分からないのか？」

「分かりませんね。ゴキ江さんが相手なら、喜んでハグを受けますが……」

「許せん！　それだけは、絶対に許せん！」

逃げる黒ピカを追い駆ける。

休憩時間が過ぎ、各分科会が始まる。そこへ、ブリジョンソンとゴキペドロが現れた。

「イヤ～ア、大変りっぱな講演でした。感謝申し上げる」

ミスター・ブリジョンソンが、触角を絡ませ礼を言う。次に、セニョール・ゴキペドロ大会委員長が、ワシの体をポンポンと叩いた。

「ワシャー、このような気持ちになったのは初めてじゃ。あなたを特別顧問に推薦する」

「エッ、ワシを……、ですか？　ちょ、ちょっと待ってください」

「是非とも承知してくだされ。お願いじゃ……」

「セニョール・ゴキータ！　お願い！　私たちにとって、大切な時代が来ます。世界の仲間を導けるのは、あなたしかいません」

マリアブリータの言葉に鳥肌が立ち身震いする。

「しかし、ワシは人間どもの生活から離れ、ささやかな幸せを妻と静かに暮らすのが望みなんだよ」

「ええ、誰もが望むこと。ですが、セニョールの知恵と勇気は、仲間の将来に必要なの……」

彼女の説得に、たじたじとなる。

「う～ん、弱ったな。ワシの命は、決して長くない」

「それならば、クロピーカに指示を出し、代わりに活動させる。どうかしら？」

「う～ん、う～ん。可能かもしれないが、不安だなぁ～」

「いいえ、彼なら確実にやれるわ。信じましょうよ」

黒ピカの成長を条件に特別顧問を受ける。可能性を信じたい。いや、信じよう。

「分かりました」

申し出を受け、ハグを交わす。最も力強かったのが、マリアブリータであった。恥ずかしさと喜びで顔が火照る。心で叫んでしまった。

《愛しのゴキ江、許してくれ！　これは、断じて浮気ではない……》

運悪く、黒ピカたちに見られてしまう。

「あれ、顔が赤いよ。なんで……」

黒ピカが真っ先に反応する。

「まさか、愛し合っていた？」

ゴキジョージが、からかった。

「な、な、なんと、セニョーラのために、絶海の孤島へ島流しだ！」

「いいの……。だって、セニョールが好きですもの。愛かしら……」

彼女の言葉に、誰もが唖然とする。一番びっくりしたのはワシだ。

「好きになる感情は大切なことよ。人間から意味なく嫌われている。それなら、仲間同士だけでも、好きという感情を持つべきでしょう。

でもね、愛は次元の異なる感情よ。男女の愛、家族の愛、子弟の愛など。私とセニョールの愛は、仲間の愛なの」

「ちょ、ちょっと待って。なんだい、その異なる感情って？　オイラには分かんないよ」

思わず『ふーッ』と、息を漏らす。

《なんと見事な人生観。黒ピカが理解するには、経験不足だろう》

「クロピーカ！　難しいかもしれない。でも、必ず理解するわ。この意味は、心から自然に湧きおこる感情なの」

「黒ピカよ、人間の愛は憎しみや妬みに変化し、相手の感情を殺してしまう。しかし、ワシらの仲間は、変化する感情を持たない」

ちらっと、彼女の顔を窺う。

「ワシもセニョーラが好きだ。仲間として愛している。それは事実だ。ただ、ゴキ江に対する愛とは、ちょっぴり異なる愛だが……」

黒ピカの瞳が輝いた。

「リーダー、ゴキ江さんに対するオイラの愛は、仲間の愛ですから心配しないでください」

「……………」

《むむ……、おまえらしい解釈だなぁ。まあ、良しとするか》

ゴキジョージがマリアブリータに詫びた。

「セニョーラ、許してください。あなたが好きです。ハワイに帰ったら、あなたのような仲間と結婚します」

「嬉しいわ、ゴキジョージ！　必ず幸せにね。バイ　コン　デウス（神のご加護を）。あなたも立派なリーダーになれるわ。クロピーカと一緒に頑張ってね」

そこへ、実行委員が分科会の内容をマリアブリータに知らせる。

「過去の大会では、これほど活発な意見交換はなかったそうよ。あなたの演説が……」

「ちょっと、待ってくれ。自分の話が間違っていたようだ。夢ではなく、幻想を与えてしまったようだ。ワシらに果たせるものは、何もない。それが現実だ」

「そっ、それは……、えっ、夢でなく幻想？」

納得できない彼女の表情に、ワシの心が痛む。

「そうだ。夢は努力すれば現実となる。幻想は果たせない空想だから、決して現実に結び付かない」

「そ、そんな！　夢も希望も持てないの？」

「いや、夢や希望は持てる。都合の良い幻想を描くな、と言っているんだ」

「分かりました。セニョール！」

理解すると、壇上へワシを連れていく。

「は～い、皆さん！　分科会の内容について、お答えします」

「あ～、なんだな～。う～んと」

左脳も右脳も理解しているが、最初の言葉が思い出せない。

「大丈夫なの、セニョール？」

「あっ……、あ、ありがとう。心配ご無用です」

マリアブリータが水を差し出し、それを一口舐めた。

「やあー、ゴメン、ゴメン。つい言葉を忘れてしまった」

静かに見守っていた会場が、ドッと笑いの渦に巻き込まれる。

「キャハハ……」

「ワッハハ……」

「オホホ……。お腹が痛いわ。ホホ……」

「アハハ……。本当に平気か？　認知症だろう……」

「まあ、まあ、確かに物忘れが甚だしいが……。さて、皆に謝りたい。

夢には可能と不可能がある。ワシが伝えた夢は、不可能な幻想だった。

分科会の報告に、過激的な内容があった。それこそ幻想……」

そのグループが怒りだした。

「何が、過激的な内容だ！　現実にやれることだ」

「そうだ、そうだ、可能だ！」

マリアブリータが、冷静に聞くよう触角を振った。

「確かに……。ワシも真剣に報復を考えた。だが、どんな策も通用しないと知った。それを理解するまで、長い間苦しみ悩んだよ」

「じゃあ、方法がないと諦めるのか！」

「私たちに、生き残る道はないの？　そんな、悲しいことを言わないで……」

刺激しない言葉を選び、冷静に話しかける。

「ワシたちは、危険を感知する能力と、いかなる環境にも順応できる体質。これこそが、過酷な三億年を継承できた証しであり、神から与えられた本能だと思う」

「だから、なんだ？　それは過去の話だろう」

「そうよ、そうよ、過去の話よ。将来のことを、考えてみなさいよ」

「殺虫剤なんて、大昔にはなかった。テレビ宣伝では、殺され役ばかりだ」

「俺の彼女は、仲間ホイホイの計略にやられた。あ～、恋しいよ～」

黙って目を閉じ、聞き続けるしかなかった。

「……」

「私たちを不潔と言うけど、無精な人間の方が不潔なのよ。食中毒のサルモネラ菌だって、人間の怠慢が原因だからね。責任を私たちに押しつけている。冗談じゃないわ」

「……」

黒ピカが声を掛ける。

「リーダー、リーダー。眠っちゃ、ダメですよ。起きてください」

二本の触角を揺らし、寝ていないと知らせる。やがて、不満の声が消えワシの意見を待つ。

「ああ、その通りだ。しかし、人間どもは永遠に勝てない存在なんだ。

認めるしかない。

仲間の命は、長く生きて数年だ。勝てない戦いを仕掛け、早死にしたいと思うか？　ワシは、決して思わないぞ！

支部の指示でワシは旅に出た。留守の間に、妻と幼い子供らが殺されてしまった。生きる喜びを、もっと感じてほしかった。今も悔やんでいる。

仲間たちよ！　そんな後悔を、心に感じたいか？　人間とのかかわりを最小限に抑え、可能な限り仲間の世界に生きる。これが、最善だと思う」

《黒ピカよ！　おまえの兄弟のことだ。すまん》

チラッと彼を覗き見ると、頬に涙が滴りグッと堪えている。

《えっ？　おまえの涙に心が安らぐ……。なぜだ……》

「いつの日か、地球最後の日が訪れるかもしれん。その時は、地球から脱出する人間どもの英知を利用し、三億年の継承を果たす。これこそ戦わずに勝つことだ」

講演を終え、壇上から降りる。妙に頭がボーッとして、力が入らない。不意に、目の前が暗くなった。そのまま記憶が途切れる。

第五章

「………」

「セニョール、しっかりして！」

「と、父さ……。いや……。リーダー、オイラが分かりますか？」

「あ、うん、おまえの顔だけは、絶対に忘れない」

既に大会は終了していた。外は朝を迎え、人間どもがせわしなく動き始めている。仲間の多くは、元の国や地域へ帰ったようだ。

「黒ピカ！　今夜か明日の朝に帰国する。さあ、準備だ」

「えっ、もう帰るの？　ブラジルの食べ物、まだ試食していませんよ。リーダー、お願いですから……」

「あっ、よく気がついたな。確かに、何も食べてない。それで力が入らなかったのか……。セニョーラ、ブラジルの食べ物を紹介してくださ
い」

「名前で呼んでくださるかしら……。ねっ、ゴキータ。いかが？」

彼女の視線に、ワシの心が熱くなった。

「も、もちろんだ。マ、マリアブリータ……」


日が暮れるのを待ち、近くの海岸山脈へ行く。

「ゴキータ、実は相談があるの……」

山脈の新鮮な樹液を食べている時に、マリアブリータが相談した。

「ん？　心配な相談って？」

「ブリーリアのことよ」

「あぁ、独りでは、帰せないだろう」

黒ピカを呼び、意見を聞く。

「ブリーリアのこと、どう思う？」

「あの子、心細く感じている。日本には無理だ。だけど、リーダー、どうすれば……」

「……」

「それなら、私が聞いてみるわ」

ワシと黒ピカは、様子を見守るしかない。間もなくすると、ワシらの所へやって来た。

「私と一緒に、ここで生活するわ。ねえ、ブリーリア！　楽しく過ごそうね」

ブリーリアが大きなハネを広げて喜ぶ。

「円満解決だ！　良かったね、リーダー」

「うん、そうだな。心配がなくなったら、急に腹が減ったぞ」

「はい、食べましょう。食べましょう」

大食い競争が始まる。すごい勢いだ。

「おほほ……、あらあら、ひょうきんな食べ方ね。うふふ……、ブリーリア？」

「ええ、面白い。ふふ……。でも……、なんだか……、別れるのが辛いわ。クロピーカ！　あなたが好きなの。お願いよ、帰らないで……」

切ない声に、黒ピカの体が固まる。

「むむ、ん～」

しばらく考え込んだ末、

「オイラには責任がある。定められた運命を、果たす責任が……」

「何が、運命で責任なの？」

「まずは、人間を勉強する。次に、マダムの約束やゴキジョージのハワイへ……」

「そんなの、運命でも責任でもないわ」

「あと、なんだ……、う～ん、あれ？　あれ？　とにかく覚えきれない。ごめんな、オイラもブリーリアが大好きだよ」

黒ピカの言葉に釣られ、ワシも口走る。

「ワシもマリアブリータが好きで、気が狂いそうだ。残るべきか、別れるべきか、ハムレットの心境である。どちらを選ぶ。それが疑問である。ああ～」

マリアブリータが泣き出した。ブリーリアがそっと慰める。

「ありがとう、ブリーリア。悲しくて泣いているわけじゃないの。ゴキータの気持ちが嬉しいからよ。まさかハムレットの心境だなんて……」

「ハム？　食べれば済むことだよ」

黒ピカが見当違いの答えを言う。

「ごめんな、マリアブリータ」

素直にワシは謝った。

「いいえ、別れは神様からの試練よ。あなたと巡り会え、とても幸せ……」

「いやぁ、ワシも同じ意見だ」

「そう、良かったわ。あなたに恋をして、可愛い妹を手に入れた……」

「あれ、オイラは？」

「もちろんよ。たくましい弟に会えて、とてもハッピーだわ」

「え、え、え、オイラがお祭りの法被？　意味が分かりましぇ～ン」

「またかよ！　おまえの耳は壊れているのか、それとも脳が足らないのか、どっちなんだ？」

「ハーイ、脳が小さ過ぎで～ス」

「オホホ……」

「うふふふ……」

黒ピカのふざけた格好に、沈みがちな雰囲気が和やかになる。

居心地が良く、あっという間に一週間が過ぎた。

《ゴキ江！　追いかけても、追いかけても愛する妻に近づけない。ゴキ

江〜、ゴキ江〜》

「リーダー、起きてください！」

体を揺すられ、目が覚める。昼下がりに、葉の中で昼寝をしていた。

「ふ〜っ、やあ、おまえだったか？」

「うなされていたけど、嫌な夢でも見たのですか？」

「ああ、ゴキ江が助けを求めていた。が、何もできなかった。ゴキ江の身に、何かが起きているのかもしれない。早く帰らねば……」

「そうですね。このままではいけないと、オイラも思っていた」

《いつまでも、滞在するわけにはいかない。これでは竜宮城の浦島太郎だ。もう、ゴキ江の元に帰ろう》

その日の夜、食事を済ませてから帰国を伝える。

「やはりね。この日が来ると感じていたわ。でも、楽しく幸せな日々を過ごせ、神様に感謝しなければ……。私は平気だから、心配しないでね」

ワシに寄り添う。ハグすると小刻みに震えた。

「身勝手な、ワシを許してくれ。会えて良かった。決して忘れない。オブリガード、マリアブリータ」

力一杯抱き締める。

「あっ～ぁ………。それで……、いつ出発するの？」

「うん、すぐにサントス港へ行く」

《ここで心を解いては、ダメだ。互いに早く未練を断ち切ろう》

「えっ、今から？　本当なの？」

ワシの目をまじまじと見る。彼女の瞳が虚ろだ。

「うん……」

「明日にして……、お願い……」

「残念だが、ダメだ！」

切なくも、きっぱりと伝える。

「リーダー、あの……」

黒ピカが、そわそわと戸惑う。

「すぐに出立だ。分かったな！」

「えっ、あ、はい、ガッテン承知だ」

「それで、ブリーリアと問題は無いだろうな？」

「問題が無いと言えば無いですが、有ると言えば有りますが……」

はっきりしない答えに、苛立ちを感じる。

「何が、言いたいのだ！」

「あ〜、あの……」

「クロピーカ、私が話すわ」

マリアブリータが説明する。

「ゴキータ、驚かないで……。ブリーリアに子供が……」

その言葉に、黒ピカを睨む。

「なにぃ〜、それは……、おまえの子供か？」

「はい、恐らく、オイラの子供でしょう。帰国の話をしたら、そのように言われました」

「………」

開いた口がふさがらない。

「でも、ブリーリアが独りで育てると……」

無責任な反応に、怒りが沸騰する。

「あり得ないと思うが……。もしブリーリアの身に災いが起きたら、誰が育てるのだ。ワシは独りで帰る。おまえは残れ！」

「うー、困ったな～。子供は好きですが、育てる自信は……」

我が身を重ね、ポロリと口が滑ってしまう。

「無責任なことを言うな！　ワシと同じことを……。う、いや……」

「なっ、なんですかリーダー？」

「いや、なんでもない！」

マリアブリータが終止符を打つ。

「落ち着いてよ。ブリーリアは独りじゃないわ。仲間全員で育てるの。

幸せを得たと喜んでいるから、決して寂しいと思わない」

「無責任なワシたちを許してくれ」

「セニョーラ、お世話になりました。チャンスがあれば、会いに来るつもりです」

「では、アディオース（さようなら）、マリアブリータ！」

「いいえ、アディオースは永遠の別れ、私たちは永遠の別れではありません。チャオ、チャオ、チャオです」

「そうか、ではチャオ、チャオだ」

「じゃあ、オイラもチャオ、チャオ、チャオ！　みんな、チャオ、チャオ」

「ご無事に帰国されることを願っています。私の愛する仲間ゴキータとセウ　フィーリョ（あなたの息子）にバイ　コン　デウス（神のご加護を）」

　彼女がハグしながら呟いた。

「見抜いていましたか……。家族が殺害され、彼だけが生き残った。無責任な父親と、思っているようです。仕方なく、友に預け遠くから見守っていた。親として最後の務めと思い、この旅に連れてきた。どうか、彼の子供たちに、誇れる父親であったと話してください」

離れる間際に、ギュッと抱き締めた。

サントス港まで、マリアブリータの仲間に案内してもらう。

「黒ピカよ、いよいよ日本へ帰れるぞ。また、長い旅が始まる。退屈だが、辛抱しろよ」

第六章

船は大西洋を渡り、一路アフリカ大陸の南端を目指す。海は荒れることなく、穏やかな航海であった。

《船員の姿が少なく、気楽に過ごせそうだ。しかし、あのような光景は、二度と見たくない。十分に注意しよう。ところで、ヤツはどこへ行った》

キッチンへ行くと、がむしゃらに食べる黒ピカを確認。その様子を見たワシの胃が『キュウ〜、グルグル』と鳴き叫び、猛烈に欲しがる。途端にヤツを押し退けていた。

「な、な、なんですか？　び、びっくりしたなぁ〜」

「むう、むう……、もぐもぐ……」

「あっ、人間が来る！」

ワシは大急ぎで飲み込んだ。

「ウグッ、ムッムム……、ウ〜ン」

残飯を喉に詰まらせ、気を失う。その有様に、ヤツが慌てて体を支えた。

「ご、ごめんなさい。人間なんて来ません。ただ、困らせただけです」

『フウー、ハー、フウー、ハー』

大きく深呼吸し、睨みつけた。

「ハア〜、死ぬかと思った。驚かすな！」

「だって、横取りするから……。つい……」

「そりゃあ、悪かった。それにしても、うそで助かったぞ」

食後、仮の住まいを探し回った。古い冷蔵庫の裏を調べるが、カビ臭く壊れかけのモーター音がやかましかった。キッチンから近い、デッキ出入り口に格好の穴を見つける。

「リーダー、帰りも船にしたのは、オイラのためですか？」

「いや、サントスからサンパウロと思ったが、空港への交通手段が分からなかった。それなら、南アフリカのケープタウンまで船で行き、そこの空港からドバイかモルディブ経由で日本に帰るのさ」

「えっ！　やっぱり、あの恐ろしい飛行機に、乗るつもりですか？　オイラは嫌だ。絶対に嫌ですからね」

よほど怖いのか、触角を振り尻込みする。

「フフ……、意外に小心者だな。飛行機なら早く帰れるぞ。おまえはハワイへ行くつもりだろう。船は一週間だけど、飛行機なら七時間で行ってしまう。どうだ？」

「それは魅力的だ！　ハワイの天国を満喫できる。ムフフ……」

「……」

意味不明な解釈を、まともに聞いていたら身が持たない。

「飛行機なら、豪華な食事でしょうね？　怖いですが、楽しみです」

「それはない！　ワシらは貨物室に乗るからだ」

「え〜、飢え死にしちゃいます。やっぱり、や〜めた」

　ヤツの脳は、食べることにある。ワシはそう確信した。

「分かった。ワシは飛行機で帰るから、おまえは船で帰れ。どっちにしても、おまえは横浜に行く必要があるからな。ワシは一刻も早く、ゴキ江を助ける」

　忌まわしいことに、ゴキ江の名前で脳が変化したようだ。

「ん〜、ん〜、飛行機にするか〜、オイラもハム食べたいな〜」

「時間があるから、ゆっくり考えればいい」

「はい、リーダー……」

　その後、この問題に触れず、数日が過ぎた。

　そろそろケープタウン港に着く予定だ。

デッキで海を眺めていると、浮かぬ顔で質問する。

「ねえ、リーダー。空に浮かぶあの雲。どこからどこへ、流れていくのですか？」

「ん……、どうしてだ？」

「だって、生まれて初めてだよ。こんなにゆっくりと、空を眺めるなんて。そうしたら、空にいつも雲がある。気になりだしたら、頭の中が雲だらけ……」

「そうか、雲か〜。ワシは雲が好きだ。この地球上を自由に飛び、好きな形に変える。誰からも好かれているから、とてもうらやましい。まるで、おまえを見ているようだ」

「それは無理でしょう。なんせオイラは脳がありませんから」

「おまえは不思議なヤツだ。マリアブリータもおまえの才能を認めている」

「オイラは風が吹くまま、感じるままに動いている。それだけ……」

「それだよ、風が吹くまま感じて動く。まさに、さすらう雲だ。おまえの能力は、他の仲間より優れている。ただ、少しおっちょこちょいだけど」

「何、それ、少し……なんですか？」

「ん〜、落ち着きがなく、考えが浅い。ことかな……」

「でしょう？　だからオイラには無理」

「とにかく、仲間の将来を考えてくれ。ワシは老いぼれで、力がなくなった」

「そ、そんな寂しいこと……、言わないでください。リーダーがいるから、オイラは考えることも動くこともできた。独りぼっちでは、何もできません」

《おまえとの別れが、こんなに辛いと思わなかった。ワシの息子よ》

　翌日の正午。アフリカ大陸の最南端、喜望峰が視野に入った。

「黒ピカよ、ここでさらばだ。達者に暮らせよ」

「うん、う〜ん、嫌だ。リーダーと一緒に、飛行機で帰ります。こ、怖いけど経験だから」

「そうか、そうだな。一度でも経験すれば、次は簡単だ」

テーブル・マウンテンの姿が鮮明に浮かぶ。貨物船は、湾内をゆっくり進んだ。

ワシらは接岸すると同時に、素早く下船を企てる。人間どもに発見されないよう、最善の注意を払い、コンテナからコンテナへと渡り歩いた。

「黒ピカ！　はぐれるなよ」

「はい、リーダー。でも、空港までの道順は、大丈夫ですか？」

「分からん！　だが、ブリジョンソンから詳しく教えてもらった。大丈夫だ。と思う」

「え、思う？　またかぁー、もう信用できないよ〜」

とにかく、港の貨物トラックに隠れ、市の中心部へ向かう。バスターミナルに着いたら、空港行きのバスを探す。旅行用のキャリーバッグが、山積みに置かれているバスが目印だという。幸いにも、ミスターの助言が、ワシらを無事に空港へ導いてくれた。

最後の問題は、どの便が日本へ向かうのか、確かめることだ。ここで、黒ピカに重要なことを伝授する。

「黒ピカよ、仲間には不思議な能力がある。犬の嗅覚は鋭いが、仲間より断然に劣る。さあ、触角を使って、その特性を発揮させろ！」

「え、不思議な能力だって？」

ヤツは首を傾げ、考えている。

《簡単ではないぞ。うふふ……、ヤツは悩むだろう》

「リーダー、この荷物に間違いないです」

《えっ、探した？　もう？　驚いたなぁ〜》

「やはり、おまえの能力は見事だ。素晴らしい！」

「別に、見事でもないですよ。普段の生活で、いつもやっているもの」

「………」

こうして、南アフリカ航空の便に乗ることができた。インド洋のモルディブ経由で成田国際空港へ向かう。

「さて、これから飛び立つが、数分だけ我慢しろ。すぐに慣れる」

初めて乗る飛行機に、ヤツはガタガタと体を震わせていた。

「うう……、ぶるぶる……、な、な、何に……、な、慣れれば……」

『ゴオー、ゴオー、キイーン』

ジェットエンジンが回転を始める。

「ぐわぁー、わぉ、わぉ、リ、リ、リーダー……、ゴ、ゴジラだ〜」

「さ、騒ぐな！　ゴジラじゃない。葉のヨットを思い出せ！　すぐに慣れたじゃないか」

「だって、葉のヨットはほえませんよ」

ワシは相手にせず、目を閉じた。現実から離れ、心に夢を描くことにした。

《神様から永遠の命を授けられたワシが、自分のハネで大鷲のように飛

び回る。世界中の仲間を助け、時折、マリアブリータが待つブラジルへ。むふふ……》

「リーダー！　寒いです。うう……。リーダー、起きてください。うう……さむっ……」

死に物狂いで叫ぶ黒ピカ。ワシはぐっすり寝ていたようだ。

「むむ……なんだ？　いい夢だったのに……」

不機嫌な声で、聞き返した。

「寒くて、凍え死んじゃう……」

「今、一万メートル上空だから寒いんだ。仲間は寒さに弱いが、死ぬことはない。たった十時間だけ堪えろ」

「え〜、十時間も、ですか？」

「そうだ！　楽しい夢を見ていれば、アッという間に時間が過ぎる。次は、インド洋の楽園モルディブに寄るが、降りない」

「もう、降りないは、嫌いな言葉だ！」

ヤツが、ふてくされた態度を見せた。

数時間後、モルディブの空港に到着する。機体の下が開き、貨物の作業が始まった。南の楽園らしい空気が吹き込み、ひと時の幸せを味わう。

「リーダー、地獄から天国の味わいですね。ゴキジョージのハワイも、こんな感じの天国ですかね？　早く行きたいなぁ～」

「黒ピカ……、日本に帰ったら、南の島でゴキ江と暮らすつもりだ」

「えっ、どこの天国ですか？」

「天国ではない！　いや……、天国に続く準備の島かもしれない」

「そうか……。決まったら、オイラに教えてくださいね。親孝行の経験がないから、リーダーに孝行してあげるよ」

「な、な、何？」

黒ピカの突然の言葉に、自分の耳と心を疑った。

《何を言い出すのだ。ワシこそ、我が子に何もしてやれなかった》

「ねえ、リーダー！　構わないでしょう。ダメですか？」

どう受け止め、なんと答えれば良いのか困惑する。言葉を失い、心が病んだ。

「む、むむ……」

「ダメでもいいです。勝手にやりますから……。オイラの父さん……」

やがて、機体の扉が閉まり、楽園の風がやんだ。再びジェット音が響き、一気に加速。数秒で離陸し日本へ向かう。

黒ピカが怖さと寒さに耐えている間、ワシは必死に涙を堪える。

著者プロフィール

ウィルソン　金井（うぃるそん　かない）

本名　金井 輝久（かない　てるひさ）

昭和25年5月1日生まれ。

主な小説：「忘れ水」（上毛文学　佳作）

「蒼き雫」（文芸たかさき　最優秀作）

「青き残月」（文芸たかさき　優秀作）

「恵沢の絆」（文芸たかさき　最優秀作）

「浮き雲」（武本文学（ブラジル）　佳作）

長編「浮生の流れ」

「冥府の約束」大河内晋介シリーズ第一話

「浸潤の香気」　〃　第二話

「雨宿り」　〃　第三話

ゴキブリの気持ち　ゴキ太と黒ピカの愉快な旅

2022年２月15日　初版第１刷発行

著　者　ウィルソン 金井

発行者　瓜谷 綱延

発行所　株式会社文芸社

〒160-0022　東京都新宿区新宿1－10－1

電話　03-5369-3060（代表）

03-5369-2299（販売）

印刷所　株式会社暁印刷

ISBN978-4-286-23361-1